NEIGE

Première édition dans la collection lutin poche : octobre 2002

Loi numéro 49 956 du 16 juillet 1949 sur les publications
destinées à la jeunesse : septembre 2000
Dépôt légal : octobre 2002
Imprimé en France par IFC à Saint-Germain-du-Puy

Olga Lecaye

NEIGE

Texte de Grégoire Solotareff

lutin poche de l'école des loisirs
11, rue de Sèvres, Paris 6e

Il y avait une fois un loup blanc. Avant sa naissance, ses parents pensaient qu'il serait brun et gris, comme eux, mais il sortit du ventre de sa maman entièrement *blanc.*

Blanc comme le lait, blanc comme la lune, blanc comme la neige.

Ils ne voulurent pas d'un loup aussi pâle.

Ils décidèrent de l'abandonner.

Le jeune loup grandit en se débrouillant comme il pouvait.
Et puis l'hiver arriva. Il se mit à neiger.
Au bout de quelques heures seulement, la neige avait entièrement recouvert le sol de la forêt.
Tout était blanc.
Les terriers des délicieux mulots, des croquantes musaraignes et autres grassouillettes souris avaient disparu. Le loup n'eut rien, mais rien à manger.
Il se pelotonna dans sa tanière.
Pourquoi me fatiguer ? Je ne trouverai rien, se dit-il. Je vais dormir, comme ça, le temps passera.
Mais au bout de quelques jours, la faim le réveilla et il décida de sortir de chez lui.

La forêt était muette et le loup blanc marchait en silence.
Seul un rouge-gorge, de temps en temps, faisait son cui-cui d'hiver, un peu triste, un peu lent : cui… cui. Ce qui rendait la forêt encore plus silencieuse.
Un rouge-gorge, qu'est-ce que c'est ? songea le loup. Même pas un amuse-gueule ! Une bouchée, et encore ! Si difficile à attraper !

En arrivant à l'orée du bois, il vit la plaine, blanche, immobile et glacée.

– Cui… cui… fit à nouveau le rouge-gorge, non loin de lui.

Le loup renifla, eut un frisson et rentra dans le bois.

– HOU ! fit alors une voix.
Le loup se retourna. Il lui sembla apercevoir, non pas quelque chose ou quelqu'un mais un mouvement, juste un mouvement derrière un arbre.
Parfois, un peu de neige qui tombe d'une branche donne cette impression, se dit-il. Mais la neige ne fait pas hou ! C'est sans doute un animal blanc comme moi, qui se confond avec la neige.
Ou noir, qui se confond avec les arbres.
Peut-être est-ce un blaireau, à la fois noir comme les arbres et blanc comme moi…
Un blaireau… dommage… c'est immangeable, un blaireau. Et si c'était un lièvre blanc… Mmmm ! ce sont les meilleurs. Ou un ours noir, terrifiant, prêt à bondir sur moi !
La solitude avait appris au jeune loup blanc à ne pas avoir peur, et il se dirigea tout droit vers cet animal inconnu.
– Bonjour, lança-t-il.

Surgit alors un animal noir.
Un loup noir et non pas blanc
comme lui.

Le loup noir n'avait jamais vu de loup blanc. Il eut un léger sursaut devant cette bête étrange, presque invisible sur la neige.
– Eh ! Ne me touche pas ! Qui es-tu ? Un loup fantôme ? Ou un loup noir blanc de peur ?
– Du calme, dit le loup blanc. Du calme. Je suis un loup, comme tous les loups. Je cherchais de quoi manger…
Le loup noir le détailla des pieds à la tête. Il le trouva si laid qu'il en éprouva de la pitié.
– Moi aussi, je cherche à manger, dit-il poliment. Nous sommes deux.
Le loup blanc le regarda à son tour. Le pauvre, se dit-il. Comme ce doit être dur d'être né si laid. Il ne put s'empêcher de le vouvoyer.
– Puis-je vous être utile ?
– Non merci, trop aimable, fit le loup noir qui, dans d'autres circonstances, aurait plutôt répondu : Eh ! Oh ! Tu n'es pas ma mère !

Après un petit silence gêné, le loup noir dit au loup blanc :

– Je n'avais jamais vu de loup blanc. Ce n'est pas mal, comme couleur…

– Le noir est bien aussi… dit le loup blanc. C'est un peu bizarre pour un loup, mais…

– Pas du tout bizarre, dit le loup noir. C'est plutôt vous… Enfin, toi. C'est… original… ce blanc… D'où ça vient ?

– Ça vient de la couleur des loups, dit le loup blanc.

– Ah bon ! fit le loup noir. Moi, je pensais, enfin… je pensais que ce qui était blanc, c'était plutôt… Je connaissais les moutons blancs, par exemple – délicieux, d'ailleurs – et… le linge blanc, ou encore le pain blanc – formidable, le pain blanc.

– Vous vous trompez, répondit le loup blanc. Le blanc est la plus belle des couleurs, tout le monde le sait, et c'est la couleur des loups.

– C'est le noir, la plus belle des couleurs, dit le loup noir. Le blanc n'est pas une couleur. Tout le monde sait ça.

– Comment t'appelles-tu ? demanda brusquement le loup noir. Moi, c'est Léon, ou Léo si tu préfères.
Il y eut un silence.
Le loup blanc ne répondit pas.
– Je m'appelle Léo, répéta le loup noir. Et toi ?
Il y eut un nouveau silence.
Le loup blanc regarda ailleurs en se mordant la lèvre.
Il avait toujours été seul. Personne ne lui avait donné de nom. Il ne savait pas quoi dire au loup noir. Il trouvait que Léo était un nom magnifique, il aurait bien aimé avoir un nom comme celui-là.
Une larme roula sur sa joue et tomba dans la neige où elle fit un petit trou bleu.

Le loup noir vit la larme du loup blanc, et changea de sujet :
– Et ta famille, où est-elle ?
Le loup blanc pensa : Non seulement je n'ai pas de nom, mais je n'ai pas de famille. Il se mit à pleurer pour de bon.
– Ne pleure pas, dit Léo. Je sais, la vie doit être difficile pour toi. Je m'excuse si je t'ai fait de la peine.
C'est vrai, j'ai du chagrin, songea le loup blanc, mais moi, au moins, ce qui me sauve, c'est que je ne suis pas laid comme lui. Cela le consola un peu et il essuya ses larmes.
– Ce n'est rien, dit-il. Il y en a de plus malheureux que moi.
– C'est dur à imaginer, dit maladroitement Léo. Être seul au monde au milieu de toute cette neige, sans rien à manger, sans famille, et en plus être blanc… Ce doit être vraiment terrible.
À ces mots, les larmes du loup blanc redoublèrent. Léo comprit sa maladresse et se sentit terriblement gêné.
Ne sachant que faire d'autre, il s'enfuit.

Resté seul, le loup blanc réfléchit à ce que lui avait dit le loup noir. Il trouve que je suis laid ? Lui, avec sa tête toute noire, ses oreilles noires, ses pattes noires ? Il est jaloux, tout simplement. C'est ça, il est jaloux de ma couleur. Il est malheureux, certainement. Peut-être encore plus malheureux que moi.
Et il se mit à la recherche de Léo.
Il marcha longtemps dans la forêt, en parlant tout haut, persuadé que le loup noir était caché quelque part et qu'il l'entendait.
Il disait qu'il lui pardonnait, qu'après tout, on pouvait dire des choses fausses quand on était jaloux et que, s'il le voulait, ils pourraient faire un bout de chemin ensemble.
Mais Léo ne semblait pas vouloir sortir de sa cachette.
En fait, il ne l'entendait pas.
Il était vraiment parti.

À force de chercher Léo, le loup blanc en oublia sa faim. Ce n'est pas possible, se disait-il. Il n'a pas pu disparaître comme ça, il doit bien être quelque part !
Il remarqua le petit rouge-gorge, qui l'avait suivi à distance, et lui dit :
– Eh, toi ! Rouge-gorge ! Tu sais voler ! Tu ne veux pas m'aider ? Je cherche le loup noir avec qui je parlais tout à l'heure. Tu ne l'aurais pas vu, par hasard ?
– Si… Si… fit le rouge-gorge.
– Eh bien ! Va le chercher, au lieu de rester là ! s'écria le loup blanc.
Les loups sont un peu brutaux.
– Oui… Oui… fit le rouge-gorge. Et il s'envola. Mais il ne revint pas.

Au bout d'un long moment, le loup blanc rentra chez lui. Il ne retrouva pas le loup noir, le rouge-gorge non plus et le temps passa.
Un jour, il rencontra un ours.
Cet ours lui dit qu'il n'avait pas vu de loup noir, non, mais des lapins beiges, oui, et aussi des souris grises, et que c'était bien la première fois qu'il voyait un loup blanc, et que ce n'était pas mal, aussi, comme couleur.

Un autre jour, il vit un couple de corbeaux qui n'avaient pas vu de loup noir, eux non plus.
– Noir ? Noir ? firent-ils.
Et ils hochèrent la tête de droite à gauche.
Le loup blanc passa le reste de l'hiver seul.
Car ni le loup noir ni le petit rouge-gorge ne revinrent.

Et puis, un matin de printemps, au milieu des bruits de la forêt, le loup blanc entendit soudain :
– Eh ! Neige !
Il se retourna et vit le loup noir, assis, qui l'observait.
– Eh ! Léo ! Ça me fait bien plaisir de te voir !
Il se frotta les yeux et le regarda. Il n'est pas si laid, finalement, pensa-t-il.
– Où étais-tu passé ? Je t'ai cherché tout l'hiver.
Léo avait lui aussi passé l'hiver tout seul. Il vit que le loup blanc était content de le voir, et ça lui fit plaisir.
– Comment m'as-tu appelé ? demanda brusquement le loup blanc.
– Neige ! dit Léo. Pourquoi ? Tu n'aimes pas ?
– … Si, si, dit le loup blanc après un moment d'hésitation. Neige…
– J'ai fait du feu un peu plus loin, dit Léo. Il y a un poulet en train de rôtir. Ce n'est pas beaucoup, pour deux, mais si ça te dit…
– J'arrive ! dit le loup blanc.
Neige, se répéta-t-il. Quel beau nom, Neige ! C'est moi.